KB239767

화장을 지우며

ⓒ2011 강만순

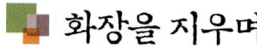

화장을 지우며

1판 1쇄 : 인쇄 2011년 4월 18일
1판 1쇄 : 발행 2011년 4월 22일

지은이 : 강만순
펴낸이 : 서동영
펴낸곳 : 서영출판사

출판등록 : 2010년 11월 26일(제25100-2010-000011호)
주소 : 인천광역시 계양구 작전동 388-2 동보 105-204
전화 : 02-338-7270 팩스 : 02-338-7161
이메일 : sdy5608@hanmail.net

값 : 10,000원
ⓒ2011강만순 seo young printed in incheon korea
ISBN 978-89-965513-9-3 (04810)

이 도서의 저작권은 저자와의 계약에 의하여 서영출판사에 있으며 일부
혹은 전체 내용을 무단 복사 전제하는 것은 저작권법에 저촉됩니다.
*잘못된 책은 구입하신 서점에서 바꾸어 드립니다.

일원화 공급처_(주)북새통
주소 : 서울 마포구 서교동 464-59 서강빌딩 6층
전화 : 02-338-0117(대표), 팩스 : 02-338-7160
이메일 : info@booksetong.com

화장을 지우며

2011 · 서영

강만순 첫 시집 발간을 축하하며

발 딛기도 전에
미리
꽃향부터
풍기는
순수의 땅

산과
들의 중간에
서서
중용을 배우는
학습의 땅

자아와
자연이
어우러져
웃음 짓는
낭만의 땅

떠돌던
영혼까지

평온을
얻어가는
위안의 땅

고추장의
매운 맛이
열정의
파도를 타는
전통의 땅

꿈결에도
돌아봐지도록
향긋이
감동을 뿌리는
향수의 땅.

　이는 순창에 대한 나의 인상을 시로 읊어본 것이다. 어쩜 이 순창에 대한 인상이 강만순 시인에 대한 나의 인상이었는지 모른다.
　강만순 시인과 함께 대화를 나눌 때마다 느끼는 건, 늘 평온함이다.
　그리고 전통 속에 담겨온 그 우아함을 늘 본다. 그 어떠한 세파에도 끄떡없을 것 같은 단아함도 본다. 그러면서도 그녀는 올곧게 나아가는 방향을 결코 잃지 않는다. 침묵의 가치를 알고 있으면서도, 용기 있게 할 말을 해야 할 때를 놓치지 않는다. 이게 내가 그 동안 보아온 강만순 시인이다.

아름다운 강만순 시인이 쏟아놓은 시들은 한결같이 정겹다. 그다지 꾸민 것 같지 않으면서도, 상당히 정교한 시적 형상화가 멋스럽다. 한 편 한 편 완성도가 높다. 시의 맛깔스런 맛이 살아 있어 친근한 서정의 세계로 곧바로 안내해 준다.

또한, 인생과 자연에 대해 따스한 시선이 시 속에 잘 녹아 있다. 서두르지 않고 조급해 하지 않으면서 사물과 대상 속으로 소롯이 들어가 관조의 시선으로 해석해 내고 있다. 그 시선이 너무나 곱고 아름답다.

그리고, 이미지의 그릇을 잘 이뤄 놓고 있어, 읽을 때마다 선명한 시어의 그림을 그릴 수가 있다. 시의 존재이유를 알고 있는 듯, 심상의 향기를 최대한 살려 주고 있다. 짧으면서도, 깊고 긴 여운을 끌어낼 줄도 아는 그 솜씨가 경이롭기까지 하다.

꼿발 들고
고개 쭈욱 삐미는
매콤한 그리움

울타리 너머

하얗게
서 있다.   - 〈어머니.2〉 중에서

아릿한 향기로
그려내는
추억의 미소.   - 〈커피〉 전문

　여기서 보이는 이미지는 시가 이 땅에 존재하는 이유를
대변해 주기에 충분하다.
　이토록 좋은 시를 쓰면서도, 강만순 시인은 항상 겸허하
다. 칭찬을 받으면, 그냥 미소만 짓는다. 그때 생기는 눈가
에 맺히는 별빛이 신비롭다.
　한실 문예창작과 싱그런 문학회에서 강만순 시인과 함
께 시를 탐구하고 시 창작의 길을 걸어온 지난 5년여 세월
이 꿈만 같다. 그런데도, 우리는 또 배우면서 탐구하면서 시
심의 오솔길을 계속 함께 걸어갈 것이다.
　위대한 시들을 남기지 않으면 또 어떤가. 그저 시가 좋
아 가는 동행이니, 우리는 행복하다.
　제1시집을 내놓으려는 요즘, 강만순 시인의 시는 또 달
라지고 있다. 이번에는 치열한 시 정신에 기초한 시들, 타
인의 아픔을 공감하는 상상력에 기초한 시들이 솔솔 태어
나고 있다.
　앞으로 여생 동안 펼쳐낼 그녀의 시심의 세계가 몹시 기

대가 된다. 어서 빨리 그 아름답고 성숙한 시 세계를 만나고 싶다.

학원을 경영하느라, 현모양처로서의 역할을 다하느라, 늘 바쁜 일상 속에서도, 시 쓰기의 삶을 소중히 여기며 한 걸음 한 걸음 기품 있는 여심의 옷깃을 여미며 착실히 나아가는 강만순 시인의 첫 시집 출간을 다시 한 번 축하드린다.

인생을 마무리 하면서 펴내게 될 강만순 시선집에서도 문학에 대한 뜨거운 열정과 한없이 펄럭이는 낭만의 향기가 여전하기를 소망해 본다.

 - 박덕은(문학박사, 한실 문예창작 지도교수, 시인, 소설가, 동화작가, 문학평론가, 사진작가)

첫 시집을 펴내며

아카시아 향기
아련한 그리움으로
도란도란 꿈을 찍어내는 계절에
첫 시집을 세상에 선보이게 되어
더없이 기쁩니다.

5년 전 이맘때 쯤
쇼핑가기로 한 약속 잠깐 미루고
먼저 도서관에 들러 시 수업 듣고 가자던
문우님의 권유로 시와의 첫 만남이
어느덧 소중한 추억이 되고 마중물이 될 줄이야

밤하늘 별들이 왜 아파하는지
다 헤아릴 수 없어
아직은
조심조심 길을 걸으렵니다.

지금까지
아낌없는 칭찬과 격려로 이끌어 주신
박덕은 한실문예창작 지도교수님께 감사드리며
웃음과 눈물로 함께 했던
싱그런문학회 문우님들
멀리서 따뜻한 마음 전해 준 친구들
곁에서 묵묵히 응원해 준 어머니,
사랑하는 남편과 딸 세라, 아들 호영이에게도
고마움을 전합니다.

2011. 푸르름이 짙어가는 오월에
강 만 순

祝詩

강만순

박덕은

하늘
저 편에서
가져온
우아함

아직도
온몸에
은혜롭게
남아

폭발음처럼
번지는
열정을
감싸

일상을
청결히

이끄는
산들바람

도심 복판에서도
영혼 깊숙이

싱그러움을
심어가는
길잡이

노을자락처럼
자유 향해
쉼 없이
날갯짓 하며.

차 례

1장 봉숭아 물들이며

2장 발그레한 그리움

3장 바람 부는 날

4장 화장을 지우며

화장을 지우며

1장
봉숭아 물들이며

벚꽃

그리움 위에
고이 내린
수줍은 노래

실바람 소리에
향기 타고 내려와
눈꽃송이 되고

추억의 발길
멈추게 하네.

봉숭아 물들이며

터질 듯
부풀어진 그리움
동여매고 지새운 밤

절절절
아림까지
침묵하고 있었다

고운 빛깔
첫눈 속에 담그면
사랑도 이뤄지리라는
설렘 안고서.

수선화

별빛에
헹궈낸 듯
나붓나붓

속살 향기
등에 업고서

정갈하게
밤을 채색하던
기다림

정적 속으로
은은히
젖어든다.

새벽이슬
노랗게
잠길 때까지.

들꽃

낮은 음으로
앉아 있다가

긴긴
기다림 끝에 솟는
속울음 울면서

밤새
달빛 부서지는
고요한 들녘을
거닐고 있다

붉은 흙빛 속에
새기고 가는
운명처럼.

이유

풀잎에 맺힌
이슬방울
신비롭게 빛나는 것은
메마른 가슴이
보고픔으로 물들었기 때문입니다

들녘을 뛰노는
들꽃 향기
향그럽게 속삭이는 것은
목마른 마음이
그리움으로 물들었기 때문입니다

밤하늘 수놓은
별빛 노래
애틋하게 흐르는 것은
깡마른 영혼이
사랑으로 물들었기 때문입니다.

낙엽

온몸으로
피워 올리던 열정이
남긴 생채기

걷어 채이고
짓밟히고
이지러지고

스르륵
스르륵

윤회의 길목에서
숨죽여 올리는 기도처럼
스쳐가고.

동백꽃

뿌옇게 뿜어대는 독설
촉촉이 잠재우고 싶어

퍼슬퍼슬한
마음

꾹꾹
눌러
참아 보지만

이내
걷잡을 수 없이 흐르는
붉은 강물이 되고 말았어.

나무처럼

싱그러움 덧칠하며
곧게 곧게
꿈을 펼칠 수는 없을까

온갖 계절을 견디며
한 자리에 오래도록
묵묵히 머물 수는 없을까

홀로 서 있어도
눈물 없이 담담히
하늘을 바라볼 수는 없을까

깨달음을 향해
푸르게 푸르게
소리치며 살아갈 수는 없을까.

천리포 수목원

한 걸음 한 걸음
단단해진
해송 숲 사이로

어느 이국 병사의
혼과 손길이
살아 숨 쉬는 곳

발길 닿는 곳마다
말길 머무는 곳마다
갯바람에 솔솔

싱그러움이 너울너울
그리움 한 자락
휘둥그레 휘감는다.

아카시아

길게 땋은
갈래머리 추억

곱게
모아 놓고

가위 바위 보
가위 바위 보

한 잎
한 잎

하얗게 다가가는
그리움의 향기.

산수유꽃

꿈길
돌고 돌아
머무는 자리

기나긴
그리움의
가지 위에서

톡톡
터뜨리는
노오란 기지개.

그루터기

잠시
쉬었다 가세요

바람도
별빛도
산새도

잠시
쉬었다 가세요

부푼 꿈도
지친 일상도
긴 여정도

잠시
쉬었다 가세요

비바람 속에서도
폭풍우 속에서도
눈보라 속에서도

잠시
쉬었다 가세요

언제나
그 자리에
있을게요

잠시
쉬었다 가세요.

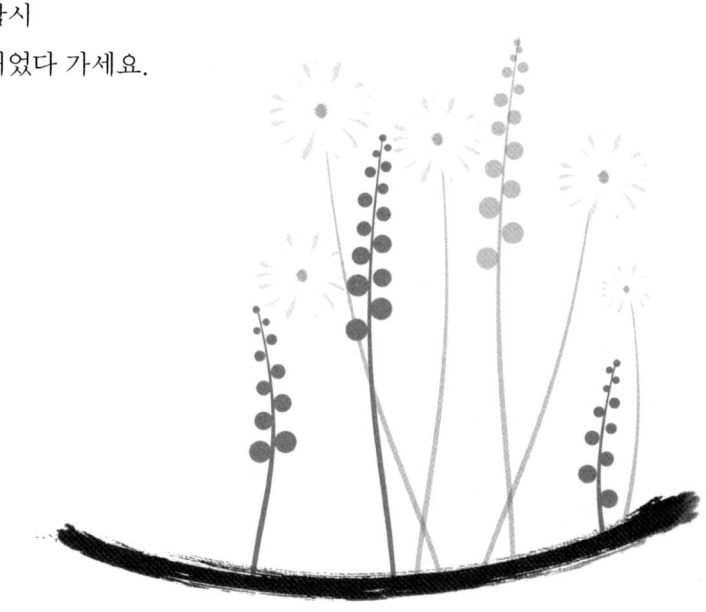

2장
발그레한 그리움

꽃샘추위

시새워
벙그는 향기
엉거주춤
뒷걸음질 한다

피워 올리던
하얀 웃음도
몸살을 앓는다

찰박 찰박
앞장 서 가던
노오란 꿈방울들

찬바람의
긴 꼬리에 매달려
대롱거린다.

초봄

파릇한 설렘들
톡톡
묵은 상념 털어낸다

대지의 숨결도
빗장 풀고
졸졸졸
깨어난다

여울목 갯버들
꽃발 딛고
사뿐히
마중 나온다.

화장을 지우며

봄

발그레한 그리움이
톡톡
깨어난다

움트는
기지개마다
새록새록

부풀어 오르는
설렘 위에서는
망울망울

향그러운
봄 바구니 안에서는
들썩들썩.

4월의 눈

벚꽃 가로수 길을
걷고 있을 때

갑자기
무언가 후두둑 떨어지고 있었어

활짝 웃고 있는
가녀림 위로

어찌할 바를 모르고
부들부들 떨면서

참 기이한 일이로군
올해 첫눈은
왜 이리 빨리 오는 거야.

오월의 아침

안개에 젖어 반짝이는
영혼의 창문을 열면

향긋한 풀내음이
초로롱 깨어나고

새소리는
작은 설렘을
일으켜 세우고

계곡의 물소리는
투명하게 울려 퍼지는
초록빛으로 여울지고

숲은
싱그러움 퍼 올리는
해맑은 詩가 되고.

장맛비

온종일
오락가락

갈테면 가라지
올테면 오라지

온종일
오락가락

해가 뜨려면 뜨라지
비가 오려면 오라지

온종일
오락가락

애간장 녹이려면 녹이라지
마음속 헤집으면 헤집으라지.

칠월의 바다

여행자들의 어깨에
잠시 내려놓은
고단함의 물결

푸르름 위로 달리며
쓸쓸히 그을린
노랫소리

쌓인 이야기들을
연거푸 풀어내는
파도의 속삭임

조가비 덮인 바위마다
켜켜이 새겨진
희뿌연 추억들.

가을날 오후엔

서랍 깊숙이 묻어 두었던
묵은 추억 꺼내어
지난 얘기 만져 보고 싶다

색색이 곱게 붓질한
산길 오르며 아스라이
들려오는 메아리 듣고 싶다

기찻길 옆 코스모스 따라
오랜 그리움이랑 나란히
팔짱끼고 걷고 싶다

잎사귀들 바스락바스락
뒹구는 가로수 길을
마냥 걷고 싶다.

늦가을

나동그라지고
구멍 뚫린
추억들처럼 배회하다가

첫눈 내리는
시린 어둠으로
돌돌 말려들어 가다가

저음의 날갯짓으로
들러붙은 의식의 파편들을 향해 날면서
깔깔거리며 웃다가

어디 하나
숨을 곳 없는
황량함 속으로 내몰리고 있다.

겨울밤

누런 벽에 매달린
조롱박들의 웃음
피어오르건만

더 이상 그려볼 수 없는
그리움

사박사박
하얀 발자국소리 되어
그믐의 날처럼
화롯가에서 지새우고

시린 기억들만
문풍지 사이로
기어들고 있다.

겨울바다

철새들이
남기고 간 여백
해안선을 휘감고

추억 몇 방울
모래톱을 향해
달려오고

끼륵끼륵
하얀 노래는
하늘과 바다의 경계를 허문다

목마름인 듯
아픔인 듯.

12월

마음 줄이
시간 끝자락에
매달리자

뭉툭한 그림자가
골 깊은 한숨을
찍어내고 있다

남은 것도
남겨 둘 것도 없는…….

■ 화장을 지우며

첫눈 · 1

설렘의
발자욱 따라

나풀나풀
내려앉는

사랑이라는
하얀 수채화.

첫눈 · 2

밤 가로등 아래로
천상의 멜로디가
흐른다

달콤한
속삭임 되어
하늘하늘

천진난만한
발레리나가 되어
하늘하늘.

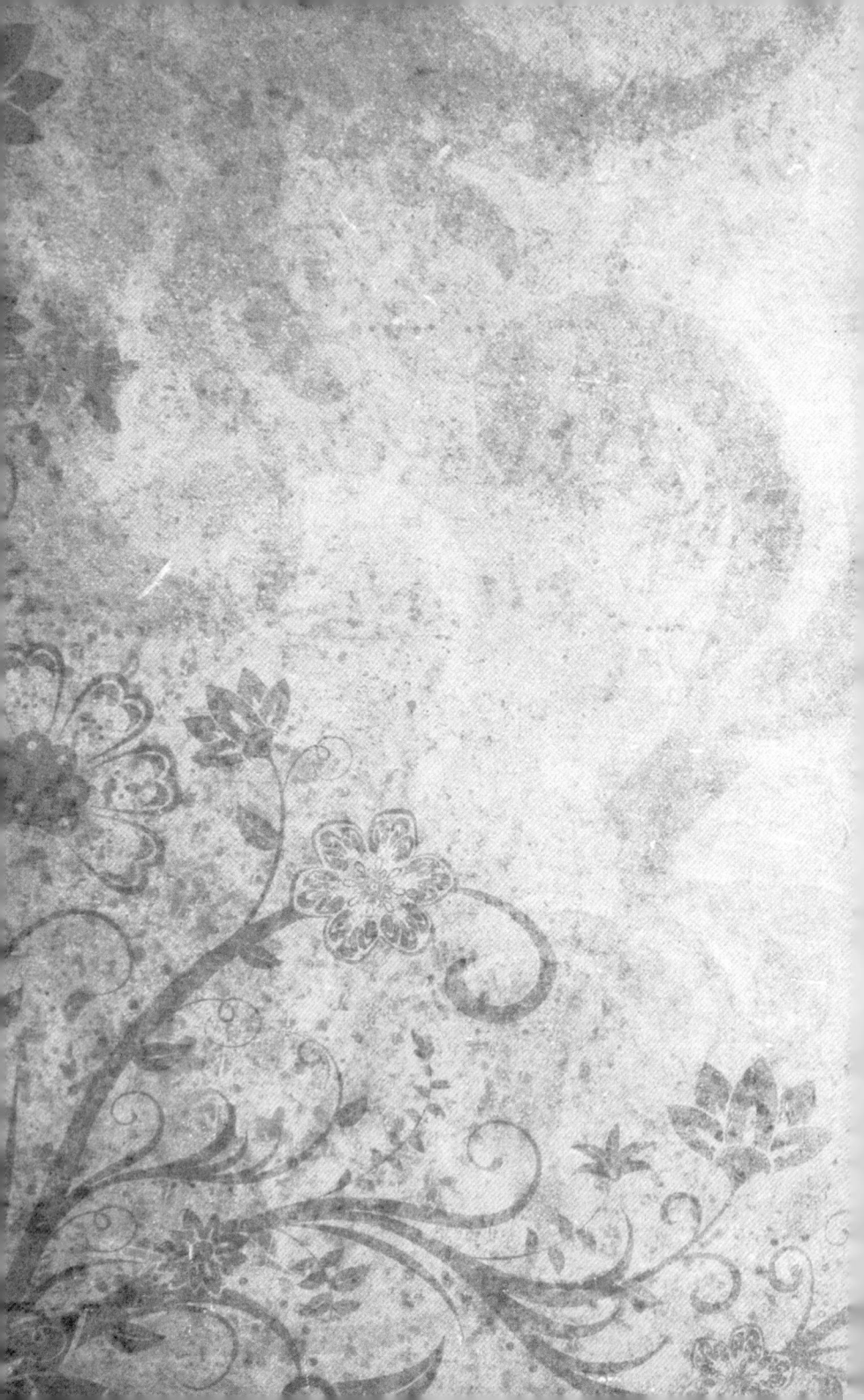

3장
바람 부는 날

새벽에

달빛 타고 흐르는
은빛 음률
그친 지 오래

풀벌레 자장가마저도
까맣게
숨죽일 때

하늘 별 데려와
그리움 깨우는
그림자 하나.

오솔길

향기 머금은
속삭임 따라

살포시
그리움 다가와

솔바람이랑
도란도란 떠나는
추억여행.

담양댐에서

숲 향기
코끝에 서성이고
잎 사이 햇살 따라
산새
재재 거린다

호숫가 여운
남실거리는
초록으로 물들이고

아름드리
그리움의 함성
나래 펴고
산등성이 넘는다.

비오는 날에

그립다

애틋한 향기
흐르고 있으므로

그립다

다정한 목소리
달려오고 있으므로

그립다

부르는 소리
문 앞에 우뚝 서있으므로.

파타야의 밤

원색의 곡조가 요란하게 물결친다
야자수에 쏟아 붓던 정열처럼

형형색색 흘린 앳된 미소가
구석구석 나뒹군다

낭만은 향기 되어
슬픔을 거꾸로 돌리며
거대한 동굴 속으로
기어가고 있다.

산골 마을

산자락 굽이도는
연둣빛 합창
둥지에 내려앉고

곱다란 향기들
노을빛에
화르르 젖어들면

종종거리는 하루가
동네어귀에
발걸음 멈춘다.

섬진강은 흐른다

굽이굽이
긴 세월 지켜온
흔적들 품고서

침묵하던 여울목 추억
강바람처럼 일어나

훑고 지나가는
서슬 퍼런 과거 속에서도

물살 거슬러 오르는
소용돌이 속에서도.

포장마차

북적이는 사연들로
울타리 두르고

술 한 잔엔 한숨으로
또 한 잔엔 눈물로
채우고 있다

침묵의 시간 위에서
달그랑거리며
그믐달 기울도록.

■ 화장을 지우며

바람 부는 날

흔들거리는 세월의
수런거림들이
거슬러 올라와

속울음들이
외줄 타고 내려와
빈 가지에 내려앉아도

껴안으며
껴안으며.

전통찻집

차향 따라
구수한 입담들이
너울거리고

추억은
동그라미 그리며
통나무 탁자 위로
그리움
촘촘히 피워낸다

차츰
벙글어 가는
웃음꽃
가야금 선율 타고
찰랑거린다.

증도

날 선 풍랑
잠재우고

하늘 두루마리
수평선 넘어

은은히 들려오는
천 년의 신비

짱뚱어들의 뜀박질 따라
색색이

살아 있는 曲調를
읊는다.

버스정류장에서

손끝에
안타까움 일렁이면

부르릉
아쉬움
뒤로 밀어 낸다

먼 발치로
멀어져 가는
그리움

그렁그렁
가슴에 젖어든다.

노인 요양원

아득한 꿈들이
비틀거리며
기억마저 지우고

희부연 몸짓으로
하늘거린다

반쯤 잘려나간
끈적이는 언어들은
느릿느릿 기어가고 있다

더 이상
마주할 수 없는
실낱같은 시간을 더듬거리며.

유리 온실

그 앞을 지나칠 때마다
매번 화려한 향기 속으로 또각또각 쏠리며 서성이곤 했다
꿈결에나마 스쳐가던 이상향이 초청하는 것 같아
비상의 결심을 굳히며
빛의 속도로 문을 열어 젖혔다

기이한 형상들이 한 치의 틈도 없이 북적거렸다
제각각 꿈을 나르는 나비 떼로 숨이 컥컥 막혀왔다
해살스런 바람도 가로누워 버렸고 햇살의 감촉도 눈 감아
버렸다
부딪히고 찢겨진 채 꼼짝도 할 수 없어 서로를 부둥켜안았다

신의 계절이 멈춰서기 전에
이윽고
접혀진 날개 파닥이며
투명한 일탈을 서둘렀다.

4장
화장을 지우며

어머니 · 1

별빛 사연 엮어
물들인 그리움

흰 머릿결에
드리우고

뒤 안 장독 틈에
스며든 외로움
한숨조각

차곡차곡
담근다.

어느 일기

시간이 뒤틀리고
빙빙 꼬인다

사방이 숨 막히는 순간
휘청거린다

모양 따라
꿈도 깨어난다

동화가 다시 그려지고
그리움 한줌 퍼 올린다.

편지

이슬 빛 향기로
함초롬히 젖은
그리움
머물다간
자리.

추억

세포마다 새겨진
미소 한 방울

피부로 파고드는
그리움 한 올

낭만향기 머무는
설레임 따라

강가에 일렁이며
소근거린다.

가족

영혼 속으로 흐르는
다정한 메아리

순수로 태어나
영롱하게 맺히는 이슬

휘몰아치는 눈보라에
심장이 찢어져도

사랑으로 하나 되는
그리움의 물결.

관습

겹겹이
쌓여
버릇처럼
굳어져만 가는……

무거운
발자국 실은
손수레처럼
움직일 수 없는……

질긴 운명
걸머지고 가는
여정처럼
버릴 수도 없는…….

새 구두 신은 날

그림자의 길이만큼이나
파고드는
상처의 골도 깊어간다

멍든 자국 되어
뚜벅 뚜벅

아픔이
연신 뒤뚱거리며
따라온다

절룩이는
하루가
길기만 하다.

농부

길모퉁이
해맑은 그리움
귓전에 멀어지면

송글송글
맺힌 땀방울
토방에 내려놓고

고요를
꿈꾼다.

그날 · 1

미소 띤
청미니스커트
나들이도 못한 채

굳게 닫힌 담 너머로
담쟁이 넝쿨만 무성하던 날

출렁이는 낭만은
날개 젖은 나비되어
잔디 위로 부서져 내렸다.

그날 · 2

텅 빈 벤치 곁
눈부신 햇살 쏟아지던 날

잃어버린 꿈 찾아
초록 향기 실은
그리움만 노래했다.

명절 후유증

머칠째
시름이
밤을 지새운다

숭숭숭
구멍이 뚫린다

또르르
구르던 웃음자락과
투덜대던 파편들까지

한 톨
한 톨.

해장국

술에 취한 듯
추억에 취한 듯

허둥거리다
뒤엉킨 세월

한 사발
풀어낸 뒤

투박함으로
묵묵히
일으켜 세운다

매운향 가득한
칼칼한
이 아침을.

당신 · 1

어둠의 능선에서
날개 파닥일 때나

벼랑 끝에서
길 잃고 헤맬 때나

따스한 미소로
다가와 토닥이며

넉넉함으로
어깨를 감싸 주지요

그로 인해
잠자던 물체들은
탱탱한 의미로 살아나고

마음은
잔잔한 호수가 되어
하얀 낭만의 배를
동동 띄우지요.

시계

쉼표를 그리워하지만
멈출 수도
돌아설 수도 없어

눈물 머금은
선율
가쁜 숨결로 감싸다

고독한
하루를 눕히는
긴 잠 속에서도

가슴 두드리는
비밀한 언어로
내 안의 나를 다독인다

보내고 나서야
비로소
제 모습 들어다보는
엇갈림 속에서.

自我

깊어가는 밤
꼬리에
꼬리를 물고

시작도 끝도
알 수 없는
사색의 공간 속으로
미끄러져 들어간다

휘적휘적
상념의
노를 저으며

검푸른 바다 위
한없이 떠도는
고독의 긴 여행처럼.

아버지의 자전거

새벽 여는
바퀴의 꿈
한가득 싣고서

발가락 사이
옹이 박히도록
관절 삐걱이는 소리

오르고
또
오르며

질척이는 골목길
아슴아슴
한숨의 귀를 묻으며

화장을 지우며

빛바랜 기억의
바퀴살들
차르륵 차르륵

찔레꽃 향기
서럽도록 하얗게
차르륵 차르륵.

이별 후 · 1

새벽 향기에
흠칫 놀라

절룩이는 소리들이
유리알처럼
쏟아져 내린다

울음 섞인 웃음이
뚫어지게
바라보고 서 있는 거울 속으로.

외로움

달빛으로
으깨어진
생각 조각들

온밤 내
헤집으며
돌아봐도

은밀히
타오르는
속내

꺼억 꺽
삼키며

하얀 꽃잎 위로
시리게 번져간다.

모래시계

비우고
또 비워낸다

한 묶음의 추억도
한 올의 아픔도

비우고
또 비워낸다

영혼 마디 마디
잔무늬 아림들도

비우고
또 비워낸다

그리움 맞닿은 그곳에서
마냥 그렇게.

그리움 · 1

파도를 펼쳐
하얗게
깔아 놓는다

해 닳도록
낯익은 이름
부르며 부르며

안길 듯
닿을 듯
끊길 듯

끝없이
밀려오는
파란 외로움 위에.

어느 날

가장 낮은 곳으로 가라앉은
눅눅한 찌꺼기들이
한껏
몸뚱아리를 부풀리고 있는
사이

봄바람이
커튼을 열어젖히자

순간,
꽃무늬 벽지 위에서
묵은 먼지들과
세월의 길이만큼 웃자란
회한들이
비명을 내지른다.

첫사랑

설렘의 여운이
밤을 두드리며
하얀 물빛으로
젖어온다.

하루를 보내며

빗방울은
추적추적
어둠 속으로
걸음을 재촉하는데

허둥지둥
저녁을 갈무리 하고도
마음 한 켠엔
허전함이 자리하고 있네요

밤 깊이
그리움 한 숟갈
시르죽이 떠먹으며
허기를 달래고 있네요.

이별 후 · 2

길가 풀섶 달맞이꽃
기다림으로 노랗게
그대로 서 있는데

강가에 내려앉는
별빛 물무늬도
그대로 물결치며 흐르고 있는데

한 갈피
한 갈피
쓰다만 추억 속에서

식어 버린
아픔의 편린들이
어룽져 온다.

귀향

수렁배미 논 팔아 주머니에 차고
떠돌이 객지 생활 수십 년에
하는 일마다 동티나고
희끗희끗한 회한과 검은 주름살만
세월을 갉아먹고 있을 뿐

애간장 녹아 내려
백발성성한 노모의
등 굽은 무심한 기다림에도

묵묵히 서 있는
동네 어귀 느티나무만이
섬섬히 추억을 되새김질 하고 있을 뿐.

시 창작

위스키 잔에 길게 목을 내민
샹들리에 불빛

어디로든 가야 한다
어디로든 가야만 한다

환영에서 깨어나듯
독설을 내뱉으며

창백한 빛으로
후득후득 떨어져 내리며

긴 고독처럼 일어나
분홍꽃으로 피어날 때까지

레이스 커튼 젖히고
성큼성큼 걸어 나올 때까지.

사랑 고백

진종일 망설이다
실바람 소리에
실어 보내려던 그 말
하지 않을래요

가슴이 너무나
울렁거려서요

들릴 듯 말 듯
장미 한 송이 내밀며
조심스레 하려던 그 말
하지 않을래요

심장이 너무나
쿵쾅거려서요

나지막이 다가가
작은 귀엣말로
건네주려던 그 말
하지 않을래요

숨이 너무나
컥컥 막혀서요.

미소와 눈물이 함께 버무려지던 시절

밑바닥에서
찰랑이는 숨결들

장미꽃 날개로
허공을 달린다

빛살 한 줄기
가슴에 품고서

동트는 호숫가 물안개처럼
숭얼숭얼 달린다.

여행

챗바퀴 돌 듯
돌고 돌다가

우주를
향하여

낭만 타고
떠나는
추억 열차.

적포도주

붉게
붉게
번져 가는
곰삭은 그리움.

모정

괜찮다
괜찮다
손사래 치면서도

골목길 돌아서며
붉은 눈물 닦아내는

괜찮다
괜찮다
뒤돌아 누우면서도

앓는 소리로
달빛을 삭이는

괜찮다
괜찮다
미소 지으면서도

구멍 난 가슴
까만 멍자욱 쓸어내리는.

백수 일기

목청껏 울어대는
알람 소리에
새우잠 일으켜 세우면

쿨럭이는 기침소리가
다닥다닥 붙어 있는 유치창 틈으로
기어 나온다

이미 너널너덜해진 책갈피 속에서는
낯빛 잃은 퀭한 눈길이
금방이라도 튕겨져 나올 듯하다가

싸륵싸륵 빗금 그어대며
웃음 몇 방울 남긴 채
사라져 버린다

짤랑거리는 서너 푼 회한이
손가락 사이에서 꼼지락거릴 때마다

깃발도 보이지 않는 무한 질주
그 안으로
또 다른 하루가 화석처럼 굳어져 간다.

당신 · 2

먼저 다가가
손 내밀며
보듬어 주렵니다

떠나보낸 후에
후회하지 않도록

그 깊이를
헤아리지 않으렵니다

아까운 시간을
낭비하지 않도록

사랑한다는 말도
아끼지 않으렵니다

얼마나 사랑한지도 모른 채
이별하지 않도록

항상 마음 문을
열어 놓으렵니다

두드리다 지쳐
그냥 돌아가는 일이 없도록.

묵정밭

작은 몸부림이
머물다 가는
그곳

웃자란 쓸쓸함이
들바람에
들썽인다

마음
한 톨조차
눕힐 수 없어

거친 회한만이
고즈넉이
쌓여간다.

비 갠 뒤

뒤란
연둣빛 발돋음 따라

낮게 낮게
들쑤서대던
눅눅한 마음까지

툭툭 털어
하얗게 말린다.

주말부부

지금 이곳엔
눈이 펑펑 내려요
길도 엄청 미끄러워요

집 걱정 말고
애들 걱정 말고
감기나 조심 하세요
행여 오실 생각
아예 마세요

내려놓지 못한
전화기 안에선
휑한 그리움만
한없이 내달리고 있다.

화장을 지우며

몰랐어라

다홍빛 쪽진 머리 베갯잇 적시우며
울안에 알캉달캉 알토란 맺히던 날
무심히 되짚어 보니 희끗한 세월일 줄

잊혀진 우물가 서러움 한 사발씩
주마등 걸쳐 놓은 달빛으로 퍼 올리니
아직도 발길 붙드는 쓰려 몹쓸 연민인 줄

추억이 메마르고 투박한들 어찌하랴
덧난 상처 동여매고 하늘을 우러르니
오롯이 옷깃 여미는 시린 사랑 한 줌일 줄.

연애

멀어져 가면
점점
가까이 다가가고

가까이 오면
점점
멀어져 가는

사랑의
애틋한
줄다리기.

■ 화장을 지우며

詩

늘 곁에 있던
사람이
멀게 느껴질 때

늘 곁에 있던
사물이
낯설게 느껴질 때

외로움을
열어 주는
통로

어쩌다
등불 되고
친구 되고

때로는
눈물 되고
기도 되고.

마지막이라는 말

깜깜한
밤하늘

총총총
수놓은

그리움
보석들

한순간
와르르

무너져
내리다.

커피

아릿한 향기로
그려내는
추억의 미소.

연민

차마
떼어낼래야
떼어낼 수 없는

차마
버릴래야
버릴 수 없는

끈질긴
끄나풀.

향수

시린 하늘
재잘거리는 강물 소리
닮아가고

돌담 따라
고스란히 남겨진
할머니의 품속에선

얼음 지치며 내달리던
들판의 향기
반쪽 남은 까치밥에
대롱거리고

낮게 낮게
엎드린 얘기들
구불구불 새벽별 그려낸다.

화장을 지우며

오일장에 다다를 때까지
붉은 입술 도톰한
석류즙 같은 너스레

통통거리는
투명한 빛의 질감
그 바람결 속으로 밀려가다가

비로소
알았다

화사한 양귀비 꽃빛깔이
씨줄과 날줄의 흐름을
뒤흔들어 놓기도 한다는 것을

뽀오얀 가루 술술 날리는
그 조그맣게 동그란 향기 속에서
초연히 부피를 늘리고 있다는 것을

하얀 달밤 초가지붕
마른 풀잎에 매달려
넉넉히 웃고 있는 펑퍼짐한 호박이
더 아름답다는 것을

나이 쉰 살이 되어서야
비로소 알았다.

시간을 멈출 수 있다면

가을빛 하늘
아리게 흐르는
오늘 같은 날에는

긴장의 끄나풀
신발장 위에
올려놓고

시시콜콜
짓누르는
욕망의 더미

서랍장
깊숙이
넣어 두고

문득 생각나는
옛 친구에게
망설임 없이 전화 걸어

마음껏
추억을
나누고 싶다.

시 쓰는 시간

연인의 입술처럼
달콤하고

낭만의 품처럼
포근하고

추억의 그늘처럼
평화롭고

그리움의 구름처럼
자유로운

詩語들의
꽃바다.

기도

거칠어져
굵은 세월의 마디

퍼내고
또 퍼내어도

섣달그믐처럼
울대를 적신다

새벽 숨결 마시며
은은히

언뜻언뜻 비치는
빛줄기 향해

마음줄
지펴 놓을 때까지.

그리움 · 2

어쩌다가
너를 만나

이토록
바보가 되어 버렸는지

조가비 덮인 하얀 모래밭을 거닐 때나
갈매기 날으는 수평선을 바라보고 있을 때나

어쩌다가
너를 만나

이토록
옴짝달싹 못하게 되었는지

솔향기 숲을 거닐 때나
타들어가는 노을을 바라보고 있을 때나

어쩌다가
너를 만나

이토록
철부지로 살게 되었는지.

기다림처럼

추억을
하나 하나
꺼내어

아침이슬 내리는
창가에
세워 놓으면

창틀 위를 달리는
춤사위처럼
나풀거리고

흩날리는
화사함으로
통통거리고

반짝거리는 향기로
잘디잘게
부서져 내리고.

송아지 팔려 가던 날

쇠죽 끓는 냄새
부산스레
안개 속으로 사라지자

여린 가슴
두런두런

어둠을 깨고
무너져 내렸다

이윽고
안간힘 쓰며
뒷걸음질 치는

울음마저
텅 빈

검은 눈망울 속으로
잠겨 버렸다.

어머니 · 2

어스름 골목길 돌아
사립문 열고 들어서면

웃음 감기는 소리
또르륵 또르륵
돌확을 맴돌고

설설 버무린 풋내음 한 가닥
돌돌 말아
입 안 가득 넣어 주자

꼿발 들고
고개 쭈욱 내미는
매콤한 그리움

울타리 너머
하얗게
서 있다.

항아리

세월의 더께로
풋풋함 꽁꽁 감싸 안는다

까칠까칠한 등허리로
수많은 이별 되풀이 하며
숱한 외로움 견디며

곰삭은 눈물
동동 띄워
볼록해진 투박함으로 채색한다.

오해

울퉁불퉁한
마음 찌꺼기들
자꾸만 쌓여간다

한 줄기 빛살 향하여
한 걸음
한 걸음.

자녀 사랑

찬바람에
넘어질까

호호 불면
날아갈까

그저
바라만 보아도
마냥 행복해.

인생 · 1

날마다
날마다

각자의
색깔과 무늬로

한 조각
한 조각

조화롭게
연출해 가는

퍼즐
맞추기.

인생 · 2

누가
답을 찾느냐보다는

어떻게
답을 찾느냐 하는

눈물의
수수께끼.

인생 · 3

첨벙첨벙
개울물 속으로
무작정 뛰어들던
그때는

뉘엿뉘엿
해가 지도록
잠자리 떼 쫓아다니던
그때는

늘
오늘만
존재했었는데.

인생 · 4

각을
토해내니
얼어붙고

동그라미
껴안으니
녹아드네.

차라리

차라리
삭정이처럼
그리움 속에서
온몸 불살라
불꽃이라도 피울 수 있다면

차라리
창공의 깃털처럼
비울 건 비워내고
날마다 날마다
가벼이 날 수 있다면.

눈물

옹이 박힌 상흔
씻어내는
해맑은 샘물.

행복

닿을 듯 말 듯
깨질 듯 말 듯

은은히
밀려오는

달콤한
향내음.